글벗시선169 윤소영 첫 번째 시집

눈물로 쓰는 삶

윤 소 영 지음

도서출판 글벗

꿈을 이룸에 감사하며

못다 이룬 어린 시절의 꿈에 한 걸음 다가갈 수 없었던 옛 기억의 저편에 고이 간직한 꿈이 현실로 이루어져 나에게 속삭인다.

수없이 많은 밤을 뜬눈으로 지새웠다. 한계에 부딪히며 고민도 많이 했었다. 하지만 불타오르는 열정은 식지 않았다. 더욱더 내 가슴에 불을 지폈다. 글로써 풀어놓은 내 삶이 인생인 것을 깨달았다. 그리고 글이 나에게 가장 친밀한 친구다. 나만의 사랑 속에서 영원한 동행에 숱한 운명과 숙명이 함께 하는 것을 깨달았다. 작은 가슴 속에 묻어준 사연들이 참으로 많다. 한 올 한 올 수놓아 한 폭의 그림이 될 수 있었으면 좋겠다. 그 길을 안내해 주신 글벗문학회 최봉희 회장님께 감사를 드린다.

내 생에 이런 행복의 꿈을 실현할 수 있었다니 믿기지 않는다. 이에 무엇으로 감사를 드려야 하는지 잘 모르겠다. 염치없지만 그저 고맙고, 감사하다는 말씀을 드릴 뿐이다. 감사합니다. 고맙습니다. 사랑합니다.

2022년 봄날에 저자 은숙 윤소영

차 례

■ 시인의 말 꿈을 이룸에 감사하며 · 3

제1부 사랑이 꽃 피다

제2부 늦게 피는 꽃

제3부 바람꽃처럼

제4부 내 사랑 제주

제5부 오름 친구

제1부

사랑이 꽃 피다

커피 사랑

한잔의 커피 향에
가슴에 꽃불 놓고
속삭이는 향기에
저 멀리 들려오는
그리움 가슴 조이며
사랑한다 말하네

빗물이 커피잔에
은은히 요동치며
알 수 없는 봄비의
사랑에 촛불 켜고
가슴에 꽃비가 되어
불꽃처럼 타오르네

그리움(1)

풀잎 끝에 청순한
맑고 순수한 영혼
창가에 드리우는
따뜻한 햇살처럼
내 마음 간절한 소망
새싹이 돋아나네

당신을 그리는 맘
풍등에 띄워보렴
배시시 머문 자리
꽃망울 함박웃음
연둣빛 햇살 머물러
비단결에 수놓네

봄날의 행복

봄꽃 향기에
가슴 뛰는 행복이여

다정한 말 한마디에
가슴 녹아내리네

작은 정성으로
설레는 마음
토닥토닥
그 손길에
함박웃음 짓네

당신에게

당신이 즈려밟고
오시는 길에
저는 빨간빛, 노란빛
보랏빛으로 기다립니다

당신을 사랑하는
내가 먼저 달려가
수줍게 기다립니다

뾰족이 파르르 떠는
봄은 온통 당신뿐입니다

꽃이 피고 지는
세상은 우리들의
낙원입니다

함께 하는 행복

임이시여
작은 가슴에
귀를 대보세요
당신이 오시는
소리가 들려요

꽃이 피듯이
살포시 다가와서
그리움으로 피는
나의 사랑이여

당신 행복하죠
함께하는 이 시간
나도 행복합니다

맵시

안개처럼
연약하고
모래같이
흩어지기 쉬운
너의 옷자락

흐르는
은색 숨결이
그리움 되어
황금빛으로
물드네

두 날개
활짝 핀 꽃
우아한 자태로
하늘하늘
천사의 옷
갈아입었네

행복 나무

그대는
아름다운 꽃향기
빛나는 보석처럼

잔잔한 미소에
싱그러운
꽃잎처럼

언제나
화사한 봄날
그대는 행복 나무

이슬처럼
깨지기 쉬운
세상을 향해
고운 사랑의
비단옷을 입는
그대는 나의 봄날

어느 봄날

봄이
하품하는 소리

아지랑이는
온 천지를
부둥켜안고
비벼댄다

바람은
불어도
흔적도 없어라

꽃들은
감성으로
버티고 서 있네

임에게

얼굴은
모르지만
서로의 꽃이 되고
생각은
다르지만
서로의 나무로 남자

삶은
다르지만
서로의
숲이 되면
모질지 않게
섭섭하지 않으리

배려와
아름다움으로
어우러지는
그대의 삶이기를
날마다 응원해요

보고픈 딸에게

나지막한
너의 목소리
구슬픈 메아리

잘 지내고 있는지
보고파서
한달음에
달려왔어요

굽이굽이
험한 산
넘고 또 넘으니
참으로 힘들었지

못다 한 사랑은
조용한 바람에게
다시 띄워 보낼게

밤안개

어디선가
들려오는
그대의
발걸음 소리
못다 한
애기 보따리
밤새도록
풀어놓고
머리 위
주절주절
하얀 이슬
내리네

꽃잎 사랑

당신을
사랑하기에
당신께
속삭였네
영원히
잊지 못할
당신 마음
훔쳐 왔네

그대와
함께 하니
오로지 한마음뿐
빼앗을 수 없어요

불타오르는
진실한
나의 사랑
천사 같은
나의 사랑

그리움으로(1)

생각만 하여도
미소가 가득 어리고
안개처럼 은은히
풍기는 사랑처럼

언제나
지워지지 않는 사랑
세월이 변해도
영혼의 마음으로
머무를 수 있는
당신과 나

언제나 친구처럼
때론 연인처럼
그리움으로
남아 있는
아름다운 만남이기를

장미꽃 차

이른 아침에
너를 사랑해

보랏빛 향기를
흩뿌리면
입안 가득
사랑이 넘치네

몸속 가득
너를 품으면
얼굴엔 미소가
하나 가득

오늘도
너를 사랑해

바다 풍경

바다는 은빛으로
너른들 꽃불 켜고

온 누리 사랑 물결
끝없이 일렁이는
눈부신 바람

봄 햇살
정겨운 미소
함박웃음 짓는다

저 옥빛 저 하늘이
쪽빛 되어
나를 유혹하네

등댓불
밝히는 곳으로
그대를 찾아가네

눈물로 쓰는 삶

나도 늙어 가는가 싶다
슬픈 사연만 듣고 보아도
눈물이 흐르네

슬픈 생각만으로도
어느새 눈가엔 촉촉이
흘러내리는 하얀 이슬이
예전에는 이러지 않았지

요즘 들어 눈물이
내 친구가 되어 있네
가끔은 그리움에
가슴 시리도록 애달파하면서
글로 적는다

중년의 모습이려나
많은 변화를 실감하네

네가 가슴 아파하는

한 여인이 있네
한순간의 실수로
모든 것을 포기하면서
어린아이가 돼 버린
아름다운 여인

기나긴 여행길에서
사랑 가득 품고
예전의 모습으로
꼭 돌아오길
간절히 바라는 시간
꼭 돌아오길

나도 모르게
우울함에 들어갈 때마다
스스로 다독이네

유일한 나의 친구에게
다시금 속삭인다
하얀 종이와 펜
나의 영원한 친구에게
네가 있어 행복하다고

가을 사랑

결실의 계절
어느덧 가을이어라
못다 한 사랑
가슴에 숨겨둔 사랑을
모두 꺼내어
이 가을에 후회 없이
매 순간을 떠나고 싶다

갈대밭에 누워
하늘에 걸린
내 임의 얼굴을 그리면서
얘기 보따리 풀어 헤치고
시간 가는 줄 모르네

어느덧 해는
뉘엿뉘엿 넘어가고
내 임은 떠날 채비
난 아쉬움에 눈물짓네

뒤돌아서는 걸음걸음에
사랑의 향기를 뿌리네
내 마음 녹아내려
흔적도 없이 사라지네

아쉽도다
나의 가을아
나의 사랑아
너를 사랑한다

그대여 안녕

사랑이 꽃 피다

사랑에 향기 품고
난 달려간다
그대가 나를 기다리기에
놀란 토끼 눈에 큰 가슴에 안겨
난 뻥뻥 울어 버렸네
애절한 그리움에
하얀 미소 속에
가끔 떠오르는 너의 웃음에
내 심장은 멈추어 버렸네

누가 알리요
나의 가슴에 핀 그대 사랑을
우리 두 사람 영원히
식지 않은 사랑꽃으로
활활 타오르는 것을

당신은 알까요
생각만으로
기쁨으로 웃을 수 있는
사랑이 무르익다
피었다는 것을

봄비

꽃눈 속
하얀 눈물
어린 가슴 젖어드네

빈 노트
일기장을
촉촉이 적신 새벽

목련화
꽃등을 울린
나의 사랑 그대여

하늘과 바다

대지의 초목들은
새 옷을 갈아입고

하늘과 푸른 바다
천지를 감싸듯이

온 세상
하나가 되어
내 마음을 흔드네

사랑

갈바람 불어오면
춤추는 은행잎들
샛노란 등불 들고
임 마중 간다 하네
행여나 지나칠세라
향기 가득 날리네

갈바람 속삭이면
수줍은 단풍잎들
예쁘게 단장하고
임 마중 간다 하네
행여나 안 오실까 봐
향기 가득 뿌리네

제2부

늦게 피는 꽃

봄이 오는 소리

몽글몽글하고
야들야들한 봄

깨어나는 세월
꼬물꼬물 꽃술이
움직이는 세상

봄의 몸짓
숨소리에
심장이 크게 호흡하네

목련꽃

우아한 꽃망울
하얀 꽃눈 불 밝히고
고운 햇살 도도함이
가지마다 그윽한 향기

목련꽃 필 때면
순결한 마음처럼
흐르는 시간
수면 위로 감추고
진한 그리움에 젖어드네

사랑의 창문

봄이 오면
나는
유리창을 밝게 닦아

하늘과 나무와 연꽃이
잘 보이게 하고

또 하나의
창문을 마음에
달고 싶다

사랑하는
그 임을 위해서

봄 사랑

땅속을 뚫고 나와
그리움 저민 가슴

작은 내 가슴에
사랑이 반짝이네

유채꽃
그 향기 속에
내 임이 젖어드네

봄 사랑 (2)

향긋한 미소 속에
사랑이 움트는 날

그대가 보고파서
꽃 마음 찾아가요

살며시
문 두드리며
가슴 여는 그리움

땅에서 새 생명을

잉태하는 속삭임에
기쁨을 주네
반가운 목소리에
인사를 나누네
오늘은 영양밥으로
은행 잣 강낭콩 렌틸콩으로
사랑과 건강을 지키리

서로의 어우러진 모습
맛깔나게 솥에서
김이 모락모락 피어오르네

건강에 좋다는 양배추
김치를 신나게 담갔지요
아삭아삭 씹히는
그 맛이 일품이네

내 삶에 있어서
즐겁고 행복하게 사는 일

젊음을 지키는 것이리

네가 몸을 담고 있는
나의 놀이터에서
사랑받고 사랑하면서
웃는 사람이 될 것이라

오늘도 희망을 품은
나의 마음 나의 행복

늦게 피는 꽃

모두 다 피고 지고
떠나간 시간 속에
외로이 홀로 피운
그 사랑 아름다워
한 송이
활짝 피는 꽃
어여뻐라 그대여

붉은 빛 부끄러움
눈썹을 곱게 그린
빙그레 붉은 입술
해맑은 나의 사랑
그 마음
흠뻑 적시네
너는 나의 사랑아

하루의 희망

뱃고동 소리에
살며시 눈을 뜬다
하루의 시작으로
새벽이슬 머금고 차에 오른다

가로등 불빛 아래
간간이 스치는
차들의 불빛 속에
삶의 희망이 묻어나는
봄의 향기 속에
나의 마음은 행복을 노래하네

따스함이 피부를
감싸 안아주면서
네가 왔다고 귓전에 속삭이네
이내 가슴 나의 몸은
너에게 내어주네

제주 오름

아름다운 여인을
가슴 품은 오름이여
황금빛 억새꽃이
온 세상 품은 듯이
주황빛 구름 사이로
품어주는 그 사랑

억새꽃 빛난 모습
내 발길을 붙잡네
멋지고 아름다운
그대는 참 예뻐요
숨차고 힘겨운 오름
걸음걸음 수놓네

내 사랑 그대에게

그대 처음 본 순간
내 가슴 콩닥콩닥
활짝 웃는 그 모습
향기 품은 그 눈빛
눈부신 분홍빛 설렘
내 가슴을 수놓네

시들지 않는 사랑
한 송이 꽃이 피어
내 마음 드릴게요
그 마음 품을게요
따뜻한 우리의 약속
천년만년 지켜요

저 둥근 달빛 속에
은은히 비춘 사랑
당신께 젖어 들어
살포시 입 맞춰요
오롯이 당신을 향해
그대 꿈만 꿀게요

사랑 바라기

내 마음
갈대라고
말해도 괜찮아요

내 이름
연꽃이라
불러도 참 좋아요

나는야
당신을 품은
사랑 연못이니까

그리운 고향

먼동이
떠오르면
고향의 풍경 소리

아련한
기억 저편
친구야 보고싶다

어쩌랴
나도 모르게
눈물방울 떨구네

사랑의 등불

노오란 은행잎 하나
사랑을 그리워하네

하늘에 꽃 무지갯빛이
임 마중 가라 하네

연못에 사뿐히 띄워
가슴에 멍울지네

가지 끝에 내려앉은
임의 눈물 소낙비 내리네

아, 임이시여
돌아올 기약 없이
서산 노을 지는 해에
내 영혼은 빛과 등불이어라

가을 산책

이른 아침 강가에
하얀 물안개 피어오르고
길가에 풀숲에 매달린 이슬은
사랑의 향기를 품네

텅 빈 벤치에 덩그러니 놓인 낙엽은
바람에 휘날려 연못에 퍼지네

아름다운 파도가 일렁이네
사랑하는 임의 얼굴이 비추네

사랑을 속삭이는 한 쌍의 오리
새들의 지저귐에 입가에 미소를 머금네

흐르는 아름다운 가을 향기에
내 마음 젖어드네

그 어떤 날

찬바람이 옷깃을
여미는 날이 되면

사랑을 말하고
싶은 사람이 있습니다

보고픔에 목이
메이는 날이면

말없이 찾아가
만나고 싶은 사람이
있습니다

아, 그대 곁에
머물고 싶은 사랑

파도

오늘은 왠지
그립다고 말을 하면
울 것 같아
선불리 말을
전할 수가 없어라

시린 내 가슴에
피멍울만 지는 아픔
저 바다에
목놓아 울어보네

산불 유감

하늘의 슬픈 얼굴
산들의 울부짖음

바람아 멈추어라
슬픔은 거두어라

한순간
무너진 인생
어찌하면 좋으리

봄소식

향기 없는 소금도
냉잇국 봄맛 내고

색깔 없는 바람도
달래 향 몰고 오네

눈부신
핑크빛 설렘
속삭이는 그 사랑

봄 향기

봄 오는 소리인가
개구리 깜짝 놀라

연못의 물결 너머
보고프다 말하려나

새로운
꽃잎이 되어
흩날리는 봄 내음

아름다운 삶을 위하여

그 임의 목소리에 눈물 짓네
입안에 언어처럼 그토록 사랑했네
영원히 듣지 못할 그 목소리에
넘치도록 사랑을 받았네
그 사랑에 흠뻑 빠져서
마냥 어린아이 되었네
그 임은 얼마나 힘들고 지쳤을까
그냥
놓아두기로
마음먹었네
환한 모습으로 웃으면서
나에게 다가올 그 날을 위해
난 시로써 내 삶을 풀어놓으리
아름다운 삶을 위하여

돌하르방

툭 튀어나온 동그란 두 눈
굳게 다문 입
벙거지를 푹 눌러쓰고
모진 비바람을 견뎌낸다

언제나 너털웃음과
넉넉함으로 반겨주는
나의 키다리 아저씨

오늘도 묵묵히 나를 지킨다
제주를 지킨다
우리를 지킨다

제3부

바람꽃처럼

사랑으로

새하얀
도화지에
사랑을 수놓았네

마법의
항아리는
사랑을 흩뿌리다

내 마음
향기에 젖어
그의 마음 적시네

공기놀이

친구들아 모여라
공깃돌 놀이하자
시냇가 물틈 사이
공깃돌을 줍는다
손안에
앙증맞은 꿈
공깃돌로 넘친다

도란도란 둘러앉아
해지는 줄 모르고
하늘 땅 오르내린
공깃돌 바라보다
어둠이
내려앉으면
어머님이 부른다

유채꽃

새하얀 이슬방울
데굴데굴 굴러가듯
노란 꽃 활짝 웃어
모든 발길 붙잡네
온 천지
활짝 웃으니
행복해서 좋아라

그리움(2)

은빛 모래 위에
써놓은 사랑의 이름이여
영원히 지워지지 않은
가슴에 그리는 사람이여
저 산마루 끝에
걸린 해님에게
다소곳이 부탁하네
나의 임, 나의 사랑 지켜주오

그리운 임이여
두 눈에 눈물이 흐르네
어이 그리 무정한가
그토록 보고파서
애달픈 사랑이여
흔적조차 보이지 않는
무정한 내 임이여

오작교 다리 위에서
나의 사랑 수 놓네

나의 사랑에게

당신이 보고파서
아침이 밝아오네
어둠을 헤치고서
낮 지난 저녁 시간
빛조차
뿌리치고서
성큼성큼 달렸네

아침에 눈을 뜨면
맨 먼저 떠오르는
당신의 사랑 미소
날 웃게 만들어요
큰 사랑
당신의 배려
묻어나는 그 행복

봄꽃처럼

봄꽃을 바라보니
내 임이 그리워라
빗장을 풀어놓고
물오른 봄꽃처럼
그리운 가슴을 안고
당신 앞에 섭니다

조금은 수줍은 듯
부끄러운 미소 가득
피어난 한 송이 꿈
꽃 피는 나의 청춘
언제나
함께 할게요
나의 사랑 그대여

너를 사랑하기에

너를 사랑하기에
난 행복을 느낀다

지나간 인연이기에
가슴 시리도록 아프다

못다 한 사랑이기에
아쉬움도 깊어라

내 사랑 다 했기에
애절하고 슬퍼라

짝사랑

물안개 피어오른
새벽이슬 맞으며
또렷이 떠오르는
당신의 웃는 얼굴
보고파
가슴 저리며
멍울지는 그리움

어디에 담아 둘까
아름다운 그 사랑
살포시 마음 열어
가슴에 품은 열정
보고파
그리움으로
다시 찾아 나서네

바람꽃처럼

낙엽 위에 그리움
나의 몸을 쓸쓸히
휘감아 도네

조용히 내려앉은
당신의 고운 모습
입가에 미소 짓는
당신의 고운 얼굴

희미한 안개처럼
사라진 너의 흔적
이내 가슴 멍울지네

고요한 이슬처럼
피어오른 그 사랑
한줄기 바람꽃으로
다시 피어오를까

동백꽃 사랑

바람이 속삭이듯
창문을 두드리네

애 타게 그리던 임
바람 따라왔노라고

코끝에 임의 향기로
눈물 왈칵 쏟아요

나뭇가지 그렁그렁
눈물이 맺혔어라

사랑의 눈꽃으로
소복이 피어나네

그대의 뜨거운 열정
눈꽃 속에 빛나네

내 마음도 봄봄

헐벗은 나뭇가지 끝에
곱게 내린 하얀 눈송이
바람결에 흔들리면서
아련한 추억을 그리네

산허리를 감추고
곱게 누워
나를 안아주는 오름이여

삼나무 끝에 둥지를 튼
새들의 사랑
내 마음에도 봄이 오네

사랑 고백

가슴이 요동치며
살포시 내려앉네

창가에 기대서서
설레는 이내 마음

오로지
너만 사랑해
흐느끼는 큰 울림

희망의 싹을 틔우며

희망의 아름다운 꿈에
날개를 달아 보고 싶어요
개나리 진달래 울긋불긋
피어오르는 봄에
또 다른 희망의 꿈을 펼쳐보고 싶어요
기대 반 설렘 반으로
한발 한발 내딛는
나의 모습에 나 자신도 아름다움을 느껴요
행복과 사랑을 주면서
늘 응원과 꿈꾸게 하는 나의 당신
항상 마음으로 마술을 걸지요
하루 행복하고 아름다운 삶이 되길
이 행복을 누가 알까요?
오직 나 혼자만의 느끼는 인생의 맛이라
못다 한 삶에 오늘도 도전이라는
두 단어를 가슴에
꽃씨 하나 심어 가꾸고 있어요
뾰족한 잎이 틔었네요
희망의 싹이 아름다운 세상은
네가 만드는 것이라고

사랑 바라기

하늘아
너는 모르지
이내 가슴 멍울진 아픔

여인의
아름다움을
송두리째 꺾어버린 너는
암흑 속에 밝은 빛을
찾아 나온 한 줄기 희망

아픔은 강물에
흘려보내리
기쁨은 가슴에 담아
사랑 노래 부르리
그대는 나의 바라기

그림자

햇빛은 나를 찾아
등 뒤에 품은 사랑
축 처진 어깨 너머
아련한 그리움들
애타게
기다리는 삶
너의 두 눈 그립다

가엾은 너의 두 눈
가슴에 품은 사랑
그 임의 그림자에
그리움 가득하네
아련히
비치는 사랑
그대 함께 살리라

사랑의 하모니

노란빛
은행 잎새
사랑이 그리워라

하늘에
꽃무지개
임 마중 가자 하네

연못에
사뿐히 띄워
멍울지는 그리움

함박웃음

나는 너를 부르는데
너는 아무런 대답 없네
구슬픈 메아리 속에
들리는 그 목소리

바람결 너울너울
띄워 보낸 그 사랑
영원히 넌 나의
마음속에 살지요

몰래 감춘 나의 웃음
뒤에 보이는
그리움

나만 아는 함박웃음
그대 찾는 행복 웃음

냉이와 달래

푸른 들판 위에
꼬물꼬물 피어오르는 냉이

돌 틈 사이로 파란 얼굴을
쏘옥 내미는 달래

긴 하늘의 끝을
찌르듯 뾰족한
푸른 잎새 신난다

그윽한 봄의 향기
나를 찾는다

아름다운 손이
나를 부른다

봄에게

봄봄 봄이 왔어요
강가에 물안개 피어오르는
이른 새벽 그대와 둘이서
애기꽃을 피워요

구불구불한 오솔길을 따라
콧노래 부르며
산새들의 지저귐에
함박웃음을 짓지요

냇가에는 시냇물이 졸졸 흐르고
나뭇잎에 편지를 적어
임에게 띄워보네요

어느덧 자작나무 그늘
아래에 허기진 배를
채우고 몸을 누워
하늘을 향해 불러봐요

봄아 너를 사랑해
너의 가슴에도 행복 꽃이 피었지

꽃길 찾기

까만 밤 흐르는 똑딱똑딱
시계 소리에 눈을 뜬다
행복한 꽃길이기를 소망하며
하루의 기지개를 켠다

나의 마음에 정제된 방식
2% 프로 부족해야 아름다운 삶을
살 수 있다는 말
선뜻 이해하기 힘든 단어

모든 게 완벽주의자로
힘들고 고달픈 성격
이제는 노력하리라
여유로운 마음으로 할 수 있다고

무조건적인 사람
조건을 다는 사람
여러 사람의 인생을 배운다

배움에는 끝이 없다
알게 모르게 상처받은 사람들
이해와 용서를 바라며
오늘도 꽃길 찾아 걷는다

그리움으로(2)

그리움 한 자락
가슴에 담고 사는 삶
힘들어 눈물지어도 좋습니다

보고파 그리울 때
한 번씩 꺼내 볼 수 있기에
참 좋습니다

슬픈 기억도
아름다운 추억도
물거품처럼 사라지건만

비가 오는 날에도
바람 부는 날에도
내 그리움을
가끔 꺼내 볼 수 있습니다

제4부

내 사랑 제주

그리움으로(3)

아무리 애를 써도
쓸쓸한 나의 마음
희망의 꿈 날개를
하늘에 펼칩니다
나의 꿈
사랑을 향해
그대 찾아 날지요

살며시 감은 눈썹
아련히 떠오르는
글 마음 그대 생각
당신만 사랑해요
오늘도
보고픈 마음
그리움을 적지요

아름다운 밤이여

까만 밤하늘에 은하수 노래하고
솜사탕 같은 구름은 이불을 덮고
엎치락뒤치락 잠을 못 이루네

뱃고동 소리에 장단을 맞춰
파도는 덩실덩실 춤을 추고
떨리는 내 가슴에는 사랑이 움트네

가로등 불빛 아래
풀벌레는 임 마중 나왔는지
찌르찌르 자장가를 연주하네

고운 찻잔에 국화꽃 한 잎 띄워
내 임에게 드리면 꽃향기에 취해
미소를 마신다

저 달에 거린 은하수
내 임일까 싶어
숨죽여 다가갔지만

바람만 귓전에 속삭이네

사랑하는 사람이
행복 열차에 몸을 실어
기다리고 있다고

아름다운 사랑을 위해
그곳으로 나도 함께 가련다

창가에 전해오는 사랑

문틈 사이로 들어오는 햇빛
지저귀는 새들의
합창 소리에 하루를 시작한다

하모니카 감미로운 멜로디
아침을 인사하고
시원한 바람은
내 어깨를 툭툭 치며
단꿈을 깨운다

그만 자고 일어나요
꿈나라 공주님
어서 일어나서 함께 놀아요

여름은 긴 여행을 떠나며
바람이 시원하니 힘내라고
나지막이 귓가에 속삭인다
저만 사랑해 주세요

그래, 그러자꾸나
내 안에 네가 있단다

하늘의 눈물

하늘이 구슬프게 우네요

실에 꿰인 빨간 옥구슬처럼
방울방울 꽃비 되어 내리네

바람도 가여운 임에게
하얀 이불을 덮어주네

고운 향기 품은 사군자
꿋꿋한 절개를 지키네

오색 빛깔 무지개 동행을 하고
하늘도 기분 좋아 방긋 웃네

고맙다 하늘아
어여쁜 하늘아

이제 좀 쉬어보렴
내 품에 안겨서

가을의 그리움

시원한 바람이
임 모시고 오면
버선발로 반기며
임 마중 가네

곱고 고운 내 임아
예쁜 꽃신 신고
사뿐사뿐 걸어서 오세요

발그레한 두 볼에
살짝 미소 짓는 모습은
수줍은 듯
얼굴을 붉히네요

내 임 품에 영원히
잠들고 싶어
사랑의 하트를
쏭쏭 날립니다

영원히 꺼지지 않는 사랑
불꽃 같은 사랑으로
영원을 꿈꿉니다

보고 싶은 사람아

눈을 감아도
방긋 웃는 너의 모습

살짝 미소 짓는 얼굴에
방긋방긋 웃음꽃 피네

애간장 녹아내리듯
보고 싶고 그리워라

가까이하기엔
너무 먼 당신이기에
작은 가슴으로
그리움을 토해낸다

지금도 모닥불처럼 활활 타올라
가슴엔 숯 검댕이로 남는다

사랑꽃

아득히 은은하게
울려 퍼지는 종소리
가만히 귀 기울여
눈 감아 봅니다

어디선가 뚜벅뚜벅 들려오는
발자국 소리에
내 임일까 가슴 설렘니다

책갈피에 꽂아둔
옛 추억을 펼쳐보니
사랑의 세레나데 들립니다

얼마나 기다렸나
사랑하는 그 임을
가슴 시리도록 애달파 하며

이제는 사랑이 피었습니다
영원히 지울 수 없는
사랑꽃으로 말입니다

첫사랑(I)

작은 가슴에 사랑을 심었다
내 생에 처음으로
내 전부를 불태워도 아깝지 않은
사랑을 하나 심었다

사랑에는 유효기간이 있는 걸까
순수한 사랑에 빨간불이 반짝이면
짙은 커피 향이
나의 온몸을 적신다
눈물이 대지를 흠뻑 적신다

그게 바로 인생인 것을
카멜레온 같은 사랑인 것을
첫사랑 슬픈 미소에 눈물을 삼킨다

영원한 사랑은 있는 걸까
흐르는 강물에 슬픔을 띄워 보내고
깊은 잠에서 깨어나고 싶다

사랑하리라 영원히
마음속 깊숙이 묻어두리라

첫사랑(2)

작은 가슴에 사랑을 심었다
카멜레온 같은 사랑을

내 생에 처음으로
나의 전부를 불태워도
아깝지 않은 사랑

사랑에는 유효기간이 없다
순수한 사랑에 빨간불이 반짝인다

진한 커피 향에
내 마음을 적신다

눈물이 대지를 흠뻑 적신다
그게 바로 인생인 것을

첫사랑의 슬픈 미소에
눈물을 삼킨다

영원한 사랑은 없을까?
흐르는 강물에 슬픔을
띄워 보낸다

잠에서 깨어보니
환한 눈망울이 꿈뻑
행복하다고 말하네

사랑하리라 영원히

바람이 전하는 말

살랑살랑 불어오는
국화꽃 진한 향기에
그립고 그리워
사랑의 노래 부른다

코끝에 매달린 이슬방울
방울방울 구슬로 꿰고
쌓이고 쌓인 긴 한숨에
가슴마저 시리다

창가에 들려오는
나지막한 목소리

사랑해 영원히
너만을 사랑해

고백은 내 가슴을 콩닥콩닥
요동치게 한다

티 없이 맑은 하늘은
하얀 손을 내밀어
나를 오라 손짓하고
붉은 태양은 나를
뜨겁게 안아 준다

너 나 사랑하니
나도 너 사랑해

바람아 전해다오
영원히 사랑한다고
내 임에게 전해다오

내 손에 잡은 사랑

시간이 흐르면
잊혀 가는 기억 저편에
쥐면 꺼질까 봐
불면 날아갈까 봐
조마조마 마음 졸였던
내 사랑이 있다

한발 다가서면
두 발 물러서
손에 닿을 듯 말 듯 한
야속한 사랑이다

사랑이 이런 건가요
성난 파도처럼
집어삼킬 듯 무서운 건가요
그리움조차
너무 고요해 적막합니다

물결치는 파도는
내 마음을 아는지
조용하고 잔잔합니다

아름다운 손

내게는 세상에 없는
아름다운 손이 있다

잠깐의 실수에
화마가 휩쓸고 지나갔다
금방이라도 터질듯한
물풍선들이 옹기종기 집을 짓는다

하얀 목련 같은 꽃들이
뜨거운 열정에 사랑이 농익는다
내 마음도 익어 간다

씻은 듯한 상처는
나와 하나 되었다
세월에 묻혀 그렇게 흘러간다

나의 둥지

장미꽃들이 은은하게
사랑의 향기를 풍기며
나를 반긴다. 어서 오라고

빛바랜 사진들은
감미로운 음악에 젖어
활짝 웃고 있다

진한 커피 한 잔에
하루의 고단함을 씻으며
조용히 사색에 잠겨본다

푸른 잔디에 누워
파란 하늘을 보면 고추잠자리
사랑을 속삭이듯 날아간다

시냇물은 졸졸졸
침묵하듯이 말없이 흘러간다

이제 내게 오라
내 품속에 와서 편히 쉬라
내가 너의 둥지가 되어
아름다운 꿈을 꾸게 하리라

감귤 예찬

하얀 꽃향기는 나그네 발길 멈추고
앙증맞은 조그마한 청귤은
어느새 노오란 속살을 드러낸다
어느새 시집갈 새색시가 되었다

곱고 이쁜 색으로
올망졸망 엉켜 축 처진 나뭇가지는
한숨을 토해내며
도와달라 애타게 손짓한다

새들은 모여들어
배고픔에 아우성을 지른다
귤은 맛있는 제 몸을 내어주며
엷은 미소를 짓는다

온 대지 위에
노오란 감귤들로
축제가 펼쳐진다

아름다운 섬
제주의 노오란 감귤을
누구나 사랑하리라

내 사랑 바다

열두 폭 치마를 곱게 펼쳐 안으면
바다는 내 안에서 출렁출렁
파란 물결로 춤을 춘다

춤을 추고 간 자리에
미역과 다시마 톳은 모여
빼꼼히 얼굴 내밀고 정을 나눈다

지나가던 숭어와 자리돔은
샘이 나서 질투를 한다
밤송이 닮은 성게는 껄껄 웃는다

소라와 전복도 한바탕 웃으며
신나게 헤엄치며 노래한다

나이 많은 문어는
헛기침하며 모른 척 지나간다
얘들아, 너네들 그거 아니
여기 이 바다에서
너희들은 모두 귀한 존재다

내 사랑 바다야
내일의 희망을 가지고
자신 있게 살거라

고추잠자리

높고 푸른 하늘에
빨간 옷을 입은
고추잠자리가 날고 있다

뱅글뱅글 돌며
나뭇가지에 내려앉아
사랑을 속삭인다

어쩜 저리도 고울까
한껏 멋을 부리는
호랑나비가 넋을 잃고 쳐다본다

고추잠자리야
이리 와서 나랑 놀지 않을래
사마귀가 부르며 빙그레 웃는다

싫어 싫어 사마귀야
너는 메뚜기 친구잖아
너는 메뚜기와 놀으렴

호랑나비는 고추잠자리
손을 꼭 쥐고
창공으로 날아간다
하늘만 바라보던 사마귀는
서러워 하염없이 울고 있다

내 사랑 제주

파란 물감을 뿌려 놓은 듯
쪽빛으로 물든 바다
그대는 환상의 섬

파도가 일렁이면
내 가슴에도 사랑이 싹튼다

칠백 리 바다 건너
최남단 하와이는
아름다운 섬이라네

떠나간 임 생각에
애타는 여인의 마음을
돌하르방은 알고 있는지

오너라 어여쁜 내 여인아
한라산 둘레길 오름에
나들이 나온 고라니를 보며
나그네는 넋을 잃었다

외딴섬 오지에서
임 소식 없어
하염없이 바다만 바라보다
돌이 되었네

홀로 걷는 길

까만 밤하늘에 별 하나
곱게 화장하고 길을 나선다

오색 불빛은 어둠을 밝히고
간간이 스치는 차들 위로
고요하게 들리는 노랫소리
나의 온몸을 휘감는다

꼬불꼬불한 외길도
눈을 감고 걷는다
미소 머금은 얼굴에 보름달이 뜨고
깊게 파인 주름진 이마에는
무지개가 뜬다

나도 모르게 서글픔으로
하얀 눈물이 두 볼을 적신다

가도 가도 끝이 없는 길
희로애락 친구 삼아 홀로 걷는다

터널을 지나 대지 위에 펼쳐진
아름다운 인생길
꽃길을 걸어간다
행복을 노래하며 천천히 걷는다

바다와 나

바다는 옥색 치마 갈아입고
파도는 바다와 짝이 되어
넘실넘실 춤을 춘다

환하게 바닷길을 비추는
등대의 불빛에
이슬방울이 옥구슬처럼
조롱조롱 맺힌다

파도가 넘나드는 수평선 넘어
바위에 둥지를 튼 거북손이
구슬프게 울고 있다

하얀 조각배 위에
무지개가 나들이 나오면
오름을 거닐던 나그네의 발길도
쉬어가려고 머문다

기다리다 지쳐 졸고 있는 여인아
뱃고동 소리에 맞춰

사랑가를 불러주오

삶은 아름답고 행복한 것
내 사랑 곱게 곱게
예쁜 꽃바구니에 담아
바다에 띄워 보내리다

지워야 할 기억이라면
미련 없이 포말로 부서지리라

바다는 나에게
희망의 불씨를 남겨두었나
힘을 내라고
사랑한다고 말을 한다

바다와 나는 영원한 친구다

웃는 얼굴

싱그런 아침 햇살이 방긋 웃는다
오색구름 타고 사뿐히 내려오면
구름 위에 걷는 내 모습이 그려진다
두 눈을 지그시 감아본다

엄마 품속처럼 포근하고 아늑해
그리운 얼굴이 떠오른다
새들은 정답게 사랑을 속삭이고
꽃들은 행복해 꽃을 피운다

가지 끝에 알알이 맺혀있는
탐스러운 이슬방울들
금방이라도 톡 터질 것만 같다

떠나간 임을 기다리지만
언제 오시려나
말없이 미소만 짓는다

영원히 지지 않는
한 떨기 꽃이 되라
웃음으로 활짝 핀
사랑꽃이 되어라

나의 사랑 봄

강 건너
샛바람에
오는 봄
시샘할 때

종달새 울음소리
인연은 아름답다

새 꿈을
갖게 하는 힘
나의 사랑 그대여

제5부

오름 친구

혼자 있는 방

나지막이 들려오는
풀벌레가 합창합니다

금방이라도 손끝에서 터질듯한
산세비에리아 꽃망울들
짙은 향기 취해 고이 잠들었습니다
바람결에 실어 그리운 임에게
보내봅니다

고요히 흐르는 피아노 선율에
지쳤던 몸을 내어 맡긴 채
흰 돛단배에 실어
행복한 여행을 떠납니다

당신만 사랑합니다
당신만이 내 전부입니다

당신께 드리리다
사랑의 세레나데

가을 편지

하늘에서 꽃씨가 흩날려요
가을바람은 민들레 홀씨 되어
바다 건너 내 임에게
사랑의 안부를 전해줘요

하늘의 날개옷 입고 훨훨 날아가요
가슴엔 부푼 꿈을 안고
콩닥콩닥 방망이질해요

설렘과 보고픔에
뜬 눈으로 지샌 하얀 밤
얼마나 기쁨과 행복에 황홀했을까

이를 집착이라고 하네요
사랑은 나의 것이 아닌 주는 것이라고 하지요

얄미운 사랑이 나에게
넌 나의 사랑의 전부라고 하네요

봄의 길목에서

노란 수선화 활짝 피어 웃음 짓고
시냇가에 버들가지 콧노래 부르는 날
겨울은 아쉬움만 남긴 채 떠나간다

향기로운 풀 내음 하늘 끝에 닿고
바람결에 나뭇가지 흔들흔들 춤추면
지저귀는 새들의 합창 소리에
내 마음도 함께 춤을 춘다

붉은 노을 축제에 만물이 잠에서 깨어
힘차게 기지개를 켜는 날
어느새 따뜻한 봄이 찾아와
나의 마음에 희망의 등불 하나 켠다

봄아, 어서 오너라
너를 사랑해도 되겠지

가을로 오는 사랑

하늘 하늘거리는 원피스로
곱게 곱게 단장하고
내 임 만나러 달려간다

길가에 가녀린 코스모스
노란 들판에 축제하듯
한들한들 춤을 춘다

두 볼에 연지를 찍은 듯
빨갛게 익어가는 사과는
마냥 예쁘다

산에는 울긋불긋 예쁜 꽃들이
시집가는 새색시처럼
곱게 곱게 단장한다

하늘은 축복하듯이
눈부시게 푸르고
새들은 즐겁게 노래부른다

가을아
곱고 고운 너의 모습에
내 마음을 빼앗겼단다

가을아
사랑하는 가을아
내게로 와서
내 사랑이 되어주렴

사랑의 꽃이 필 때

너를 사랑하는 내 마음을 알까요
한 송이 주렁주렁 꽃이 피네

나의 마음을 알아주는 호야
예쁜 꽃으로 나의 사랑을
받으려 애쓰는구나

별 모양에 초롱초롱한 눈빛에
이슬 한 방울 머금고 임을 기다리네

너는 이렇게 사랑을 전하는구나
간간이 떠오르는
그대 얼굴에 미소를 띠네

흐르는 시간만큼의 긴 여운을 남기고
떠난 너를 애타게 불러보지만
메아리뿐이련만

사랑엔 유효기간이
있는가 봐요

바다

에메랄드 보석을 품은 듯
옥빛으로 빛나는 바다여

울부짖는 파도를 기꺼이 감내하며
몸을 내어주는구나

해녀들 숨비소리에
가슴앓이하는 파도를 아는지
바다는 슬퍼 눈물짓는다

잔잔한 바다 위에
뽀얀 얼굴을 쑥 내민 파도는
바위를 찰싹 붙어 사랑을 속삭인다

게와 조개는 모래밭에
몸을 깊숙이 숨기고
숨바꼭질에 푹 빠졌다

숭어는 물 위를 거닐면서
쉴새 없이 내게로 와 유혹한다

은물결로 출렁이는 바다
내 마음도 두둥실 날아올라
풍선처럼 하늘에서 춤을 춘다

마음의 꽃씨

내 마음에 꽃씨 하나를 심었습니다
겨자씨만 한 희망도
함께 심었습니다

바람이 불면 날아갈까
손에 쥐면 꺼질세라
사랑과 정성으로 키웠습니다

가슴에 희망의 꽃씨를 가득 담아
꿈이 이루어질 그 날을
손꼽아 기다립니다

풀벌레가 사랑을 속삭이면
나도 사랑받고 싶어
질투합니다

나도 사랑해 주세요
당신의 사랑을 받고 싶습니다

새벽길

높다란 장대 끝에 걸린 별이
나의 지친 몸을 깨우면
곱게 단장을 하고 길을 나선다

달빛은 환하게 길을 밝혀주고
하늘엔 별들이 옹기종기 모여
소곤소곤 이야기하고
나를 따라오라며 유혹을 한다

전봇대 가로등은
커다란 눈을 깜박거리며
나에게 말을 건넨다

"행복하니? 조심해서 잘 다녀오렴"
사랑의 마음 담아 손짓을 한다

감미로운 음악 소리를 듣는 것처럼
내 마음도 행복에 젖어
살며시 미소 짓는다

혼자 걷는 새벽길이
몸은 천근만근이지만
그래도 좋다
나를 지켜주는 친구들이 있기에

나의 사랑 제주

푸른 파도 넘실대는
은빛 바다
해녀의 숨비소리가
나를 울립니다

만지면 톡
터질 것 같은 감꽃이
나그네 발길을 칭칭 동여매고
진한 향기로 사랑을 노래합니다

엄마 품처럼 포근하고
따사로운 돌하르방이 사는 제주
황홀경에 빠진 여행객들

"어서 오세요"
"혼저 옵서예"

반갑게 맞이합니다
바다와 맞닿은 뱃길

흔들리지 않는 이 마음
곱게곱게 싸고 또 싸서
그리운 내 임에게 보냅니다

아름다운 섬 제주여
하와이보다 곱디고운
섬 중에 섬이여
영원히 빛날 제주
아름다운 나의 섬이어라

사랑이 샘솟는 곳
- 블랙스톤에서

곶자왈의 우거진 천혜의 자연 숲 블랙스톤
자연이 수놓은 돌과 나무의 어울림
이른 아침에 동이 트는 광경은 마치
환상의 나라 낭만을 그리는 블랙스톤

꼬불꼬불 우거진 숲과 길에서
유럽의 정원수를 만난다

이슬을 머금고 기다리는
꼬마 소년의 따스한 그리움
잔디 위에 한 폭의 수채화를 그리는
여인들의 여유로움

새들의 합창 소리가
은은하게 들려온다
울긋불긋 향기를 토해내는 수국의
아름다운 모습

사랑과 행복의 꿈을
찾아 난 이곳을 찾는다

지우개

슬픈 기억들은
저 강물에 흘려보내고
아름다운 기억은
책갈피에 꽂아두네

깃털처럼 가벼운
나의 기억은
저 넓은 들판에
아지랑이처럼 하늘하늘

못다 한 사랑은
정성껏 가꾸리라

참새들의 노랫소리
벤치에 앉아 속삭이네

너를 만난 것이 행운이라고

예서 사랑

세상에서 무엇과도 비교할 수 없는
귀여운 나의 예서야
초롱초롱한 눈망울로
내 품에 안겨 고이 잠든
너의 모습은 천사 같구나

태어난 지 일주일도 되기 전
온몸에 아픔을 주렁주렁 매달고
힘겨운 시간과 씨름해야 했던
가엾은 우리 예서야

억장이 무너져 내렸고
힘든 나날이었지
가슴에는 지울 수 없는 상처만 남기는
큰 아픔이었지만
나는 너를 잊을 수가 없단다

지금처럼 건강해서 고마워.
예쁜 할머니 강아지 예서야
항상 건강하자. 그리고 사랑해

군고구마

어릴 적 추억 간식
구수한 군고구마
숯가마 갔다 왔나
온몸이 재투성이
까만 옷 벗어 던지면
탐스러운 속살들

화롯불 따뜻하게
방안을 감싸 안고
가족들 옹기종기
정겹게 나눈 얘기
깊은 밤
웃음꽃 피던
그리워라. 그 시절

오름 친구

하늘에 뭉게구름
나를 오라 손짓하네

오름에 고라니 새들
옹기종기 모여
따뜻한 사랑을 속삭이네

마음은 오름에
달려가고 싶은데

오늘은 친구를 만나러
꼭 가야 하는데

어쩌지
오름에 오를까

오늘은
나의 영원한 친구에게로

술래잡기

친구의 손을 잡고
놀이터로 나왔어요
둘이서 가위바위보
오늘은 내가 술래
친구야
꼭꼭 숨어라
머리카락 보일라

눈 꼭꼭 감았어도
찾을 수가 있어요
친구의 마음 읽는
나만이 아는 비밀
친구야
꼭꼭 숨어라
옷자락이 보일라

눈 꼭꼭 감았어도
나는야 꼭 찾지요
나만이 아는 비밀
친구의 발소리를
친구야
꼭꼭 숨어라
머리카락 보인다

가을아

임이 오네
사모하는 임이 오네
사랑 한 아름 가슴에 안고
사뿐사뿐 걸어오네

탐스러운 사과처럼
빨간 입술을 쏘옥 내밀고
가을이 소리 없이 오네

코스모스 한들한들
바람에 나부끼고
고추잠자리 뱅글뱅글
춤추는 가을아
넌 참 아름답구나

결실의 계절
기나긴 기다림에
열매들 주렁주렁
행복을 만끽하니

가을아
넌 참 좋겠구나

황금물결 넘실대고
논과 밭에는
오곡백과로
덩실덩실 춤을 추는
가을아
참 고맙구나

이제는 너를
마음껏 사랑해도 되겠지

사랑차

예쁜 찻잔에 정 한 숟가락
사랑 두 숟가락을 타서 휘저으면
그리움은 진한 향기로
입안 가득히 퍼진다

찻잔 속에 담긴 사랑
아득히 먼 지난날의 사랑을
아직도 잊지 못해 눈시울 적신다

흐린 기억 속에 다가온 아픔은
이제 아름다운 기억으로 남아
추억의 책장을 넘긴다

내 가슴속에 깊숙이 파고드는
사랑의 이야기는
은근히 다가와 속삭인다
아직도 한 페이지가 남았다고

가을 단풍

가슴을
파고드는
잔잔한 물결 위에

살포시
내려앉은
고독한 오색단풍

토해낸
나의 고백은
단풍보다 붉어라

밤의 협주곡

까만 밤하늘에
별 하나 나 하나
환하게 비추는
저 별은 내 님의 별

귓전에 울리는 풀벌레 소리
어쩜 저리도 고울까
사랑을 속삭이듯
내 가슴을 설레게 한다

틈틈이 들려오는
그 소리에
내 임의 소식 전해 오실까

영원히 못 오신다는
임 소식에 목놓아 울어 본다

바람아 전해다오
나는 잘 있다고
시린 가슴 부둥켜안고
이제, 그만 아파하라고
내 임에게 꼭 전해다오

내 사랑 가을

풍성한 결실의 계절 가을
못다 한 사랑이여
가슴에 숨겨둔 사랑을 꺼내어
이 가을이 가기 전에
후회 없이 사랑하고 싶다

갈대밭에 누워 하늘에 걸린
내 임의 얼굴을 바라본다.
내 임과 함께 얘기 보따리 풀어 헤치고
시간 가는 줄 모르게
이야기도 나누고 싶다

어느덧 해는 뉘엿뉘엿 넘어가고
임은 떠날 채비에 바쁘지만
난 아직 임을 보낼 수 없다.

내 사랑 가을, 임이여.
뒤돌아서는 걸음마다
사랑의 향기를 뿌리는
사랑했던 날들이여

이젠 안녕 가을아 안녕
아직도 사랑해

꿈속 그대

그대가 잠시 내 생애
다녀갔을 뿐인데

난 온통 너의
기억으로 사랑에 빠졌네

한잔의 커피로
사랑을 나누고
오롯이 사랑한 그대

우리 사랑은
꿈속에서만 만나네

□ **서평**

눈물로 쓴 그리움의 시적 상상

– 윤소영 첫 시집 『눈물로 쓴 삶』

최 봉 희(시조시인, 평론가, 글벗 편집주간)

기회가 있을 때마다 나는 "시는 감상이 아니라 경험이다"
이라는 말을 자주 한다. 시 쓰기는 경험의 밑바탕에 있는
단단한 생각에서 나오는 것이기 때문이다. 그래서 시 쓰기
에는 연륜이 필요하다. 경험이 필요하다. 이때의 경험은 구
체적 언어를 이끄는 힘이 필요하다. 단지 감성만을 갖고
좋은 시가 될 수 없다. 좋은 시는 감성을 넘어서야 나올
수 있다. 시는 개인으로부터 창작이지만 개인을 넘어서야
감동을 줄 수 있다. 시를 쓰는 일이란 어쩌면 끊임없이 나
를 그리고 누군가를 격려하는 일이다.

　　나도 늙어 가는가 싶다
　　슬픈 사연만 듣고 보아도
　　눈물이 흐르네

　　슬픈 생각만으로도

어느새 눈가엔 촉촉이
흘러내리는 하얀 이슬이
예전에는 이러지 않았지

요즘 들어 눈물이
내 친구가 되어 있네
가끔은 그리움에
가슴 시리도록 애달파하면서
글로 적는다

중년의 모습이려나
많은 변화를 실감하네

네가 가슴 아파하는
한 여인이 있네
한순간의 실수로
모든 것을 포기하면서
어린아이가 돼 버린
아름다운 여인

기나긴 여행길에서
사랑 가득 품고
예전의 모습으로
꼭 돌아오길
간절히 바라는 시간
꼭 돌아오길

나도 모르게
우울함에 들어갈 때마다
스스로 다독이네

유일한 나의 친구에게
다시금 속삭인다
하얀 종이와 펜
나의 영원한 친구에게
네가 있어 행복하다고
- 시 「눈물로 쓰는 삶」 전문

시 쓰기는 단지 기술이 아니다. 끊임없는 습작과 일기처럼 글 쓰는 연습이 절대적으로 필요하다. 그래서 기회가 있을 때마다 매일 글을 쓰라고 강조하고 또 강조한다. 세계적인 유명 화가나 가수가 높은 경지에 이르기까지 끊임없이 연습과 훈련이 있었다. 시를 쓰는 시인에게도 그런 노력과 열정이 필요하다.

내가 아는 시조 시인 중에 서울여대 명예교수이신 김준 박사가 있다. 올해 시조로 등단한 지 61년 된 시인이다. 2003년 8월에 대학에서 교수로 정년 퇴임을 하고 끊임없이 창작에 몰두하여 마침내 53,000수의 시조를 쓰셨다. 지금도 하루에 20편의 시조를 쓰고 계시다. 또 내가 아는 시인 중에 송연화 시인이 있다. 매일 같이 시를 쓰면서 매년 3~4권의 시집을 발간하고 있다. 어느덧 16권의 시집을 발간했다. 또 우리 글벗문학회 회원 중 김은자 시인은 지금껏 70여 권의 저서를 출간했다. 태어나서 지금까지 매년 1권씩 책을 출간한 셈이다. 왕성한 창작력과 끊임없는 시적 상상력을 존경하지 않을 수 없다.

시와 시조는 시적 영감이나 체험을 통한 감성의 글을 써야 한다. 쉽게 말해서 시와 시조 쓰기는 감각이 있어야 한다. 바로 관찰 감각, 사유 감각, 표현 감각이 필요하다. 관찰과 사유, 표현은 감각적으로 표현했을 때 신선한 울림이 있기 마련이다. 물론 자신만의 스스로 익힌 터득과 연구를 통하여 자신만의 독특한 시적 세계를 구축해야 하는 개인적인 과제도 있다.

제일 좋은 시 작품은 감동과 여운을 주는 작품이다. 그리 쉽지 않다. 시를 창작할 때 실패하는 이유의 하나는 글의 주제를 명확히 드러내지 않고 쓰기 때문이다. 기막힌 소재나 모티브, 시적 영감에만 치우쳐서 주제가 선명하지 않다면 그 글쓰기는 실패하기 쉽다.

꽃눈 속
하얀 눈물
어린 가슴 젖어드네

빈 노트
일기장을
촉촉이 적신 새벽

목련화
꽃등을 올린
나의 사랑 그대여
– 시조 「봄비」 전문

　윤소영 시인은 시와 수필 작품을 통해서 기회가 있을 때마다 녹록지 않은 슬픈 삶, 아픈 삶을 살아왔다고 말한다. 그런데 아이러니하게도 그 슬픔이 그를 시인으로 만들었다. 슬픔을 그리움으로 승화시켜서 시를 창작하고 있다는 점에 주목할 필요가 있다.

먼동이
떠오르면
고향의 풍경 소리

아련한
기억 저편
친구야 보고싶다

어쩌랴
나도 모르게
눈물방울 떨구네
– 시 「그리운 고향」 전문

　이 시조 작품은 나이가 들면서 고향이 그립고 어린 시절의 친구가 그리워서 눈물방울을 떨구는 모습을 형상화한 작품이다.

세상에 하고 싶은 많은 일 중에 왜 하필 시를 쓰려고 하는가? 한마디로 글을 쓰면서 나를 치유할 수 있기 때문이다. 내가 지도하는 많은 회원 중에 아픔을 간직한 사람들이 참 많다. 그 아픔을 쉽게 드러내기 힘들다. 그런데 글쓰기를 통해서 비유적으로 혹은 상징적으로 자신의 삶을 삽포시 드러낸다.

사람은 여러 개의 긍정적인 사건보다 한 개의 부정적 사건에 더 큰 영향을 받는다. 그 대표적인 이미지가 '눈물'이다. 눈꽃 속에서 빛나는 동백꽃의 뜨거운 열정을 바라보라.

바람이 속삭이듯
창문을 두드리네

애 타게 그리던 임
바람 따라왔노라고

코끝에 임의 향기로
눈물 왈칵 쏟아요

나뭇가지 그렁그렁
눈물이 맺혔어라

사랑의 눈꽃으로

소복이 피어나네

그대의 뜨거운 열정
눈꽃 속에 빛나네
– 시조 「동백꽃 사랑」 전문

 시에서 가장 중요한 요소 중 한 가지는 이미지다. 이미지
를 통해서 독자들의 마음속에 그림이 그려진다. 이미지를
통해서 실감과 공감을 쉽게 얻는다.
 시는 언어로 그리는 그림이다. 사물의 현상을 소재나 모
티브 또는 객관적 상관물로 끌어와야 한다. 그 사물과 모
티브가 대부분 비유의 보조관념으로써 정서 상태를 대변해
주는 역할을 한다. 그 때문에 나만의 보조관념으로 사물과
현상을 활용할지에 대한 진지한 고민이 있어야 한다.

풀잎 끝에 청순한
맑고 순수한 영혼
창가에 드리우는
따뜻한 햇살처럼
내 마음 간절한 소망
새싹이 돋아나네

당신을 그리는 맘
풍등에 띄워보렴
배시시 머문 자리
꽃망울 함박웃음

연둣빛 햇살 머물러
비단결에 수놓네
- 시조 「그리움(1)」 전문

 관성의 역행을 위한 체력이 필요하다. 우리의 마음 구조
는 부정적인 것에 더 예민하다. 나만 그런 게 아님을 알아
야 한다. 에너지는 한정된 것이니 심리적. 신체적 힘을 기
르고, 자신의 부정적인 것에 대해 자책하지 말아야 한다.
불행은 행복을 위해 지불해야 하는 영수증일 수도 있다.
 긍정의 프레임이 필요하다. 코로나 시대 프레임은 강제적
으로도 진정한 휴식이 필요하다. 부정적 자아는 내가 생존
하기 위한 경고하는 것이다. '부정'에 대한 부정적 프레임
을 씌우지 말아야 한다.
 시인은 그리움으로 불행이라는 아픔을 해소하고자 한다.
시에 독특한 긍정의 프레임을 사용하고 있다.

아무리 애를 써도
쓸쓸한 나의 마음
희망의 꿈날개를
하늘에 펼칩니다
나의 꿈
사랑을 향해
그대 찾아 날지요

살며시 감은 눈썹

아련히 떠오르는
글 마음 그대 생각
당신만 사랑해요
오늘도
보고픈 마음
그리움을 적지요
– 시조 「그리움으로(3)」 전문
–

나이가 들수록 관성이 강해진다. 그 때문에 관성을 거스르기 어려운 건 당연하다. 그렇다고 자책하지 않는다. 태생적으로 부정적인 성향을 타고났으니 지나친 자기 탓을 하지 않는다. 시인은 긍정적인 것을 먼저 바라본다. 바로 그리움이다.

노오란 은행잎 하나
사랑을 그리워하네

하늘에 꽃 무지갯빛이
임 마중 가라 하네

연못에 사뿐히 띄워
가슴에 멍울지네

가지 끝에 내려앉은
임의 눈물 소낙비 내리네

아, 임이시여
돌아올 기약 없이
서산 노을 지는 해에
내 영혼은 빛과 등불이어라
- 시 「사랑의 등불」 전문

 가을에 가지 끝에 내려앉은 임의 눈물인 양 소낙비가 내린다. 서산 노을 지는 해를 바라보면서 내 영혼은 빛과 등불을 찾는다. 바로 그리움이다. 그렇게 가슴에 멍울진 사랑이 그리운 것이다.

은빛 모래 위에 써놓은
사랑의 이름이여
영원히 지워지지 않은 가슴에
그리는 사람이여
저 산마루 끝에
걸린 해님에게
다소곳이 부탁하네
나의 임, 나의 사랑 지켜주오

그리운 임이여
두 눈에 눈물이 흐르네
어이 그리 무정한가
그토록 보고파서
애달픈 사랑이여
흔적조차 보이지 않는

무정한 내 임이여

오작교 다리 위에서
나의 사랑을 수 놓네
- 시 「그리움(2)」 전문

 시를 잘 쓰려면 체험을 진실하게 많이 해야 한다는 말이
있다. 시적 진정성 때문이다. 그래서 시 쓰기에서 매우 중
요한 요소이다. 시인은 가족의 이별을 겪는 아픔을 겪었다.
그 이별은 눈물로 그리고 그리움으로 형상화하고 있다. 윤
소영 시집에서 가장 많이 등장하는 시어는 '그리움'이다.
23회 등장한다.
 나만의 간절한 시적 지점을 잡았다면 그 간절한 시적 지
점을 대변할 사물과 현상을 찾는 것이 매우 중요하다. 그
과정을 수행할 때 작고 단순한데 시적 의미를 담을 수 있
는 사물, 현상, 속성을 찾아야 한다. 바로 시인은 '그리움'
으로 자신의 속성을 찾은 것이다.

그리움 한 자락
가슴에 담고 사는 삶
힘들어 눈물지어도 좋습니다

보고파 그리울 때
한 번씩 꺼내 볼 수 있기에
참 좋습니다

슬픈 기억도
아름다운 추억도
물거품처럼 사라지건만

비가 오는 날에도
바람 부는 날에도
내 그리움을
가끔 꺼내 볼 수 있습니다
- 시 「그리움으로(2)」 전문

 시인은 그리움을 자주 시작품으로 표현한다. 눈물이 아닌 시로 표현한다. 시를 쓰는 마지막 단계로 상상적 체험을 극단적으로 끌고 가서 실감 나게 표현해야 한다. 기존에 있던 익숙한 체험적 상황에서 벗어나려고 전혀 다른 경험적 발상을 적용해야 한다. 그 경험은 누구나 공감할 수 있는 상황을 설정해야 한다. 나만의 상상적 체험을 강조하니까 특수하게 있을 수 있는 상황을 체험해서 새로운 시처럼 쓰면 안 된다. 그렇게 되면 시가 억지스럽게 된다. 시는 머리로 쓰면 안 된다. 다시 말해 상상적 체험을 섬세하게 극적으로 말해야 한다.

낙엽 위에 그리움
나의 몸을 쓸쓸히
휘감아 도네

조용히 내려앉은
당신의 고운 모습
입가에 미소 짓는
당신의 고운 얼굴

희미한 안개처럼
사라진 너의 흔적
이내 가슴 멍울지네

고요한 이슬처럼
피어오른 그 사랑
한줄기 바람꽃으로
다시 피어 오를까
– 시 「바람꽃처럼」 전문

　시는 비유다. 시 창작에서 비유는 중요한 위치를 차지한
다. 시는 원관념만으로 표현해도 무방하다. 그런데 우리가
보조관념을 끌어들여 비유를 활용하는 이유는 보조관념이
원관념을 더욱더 생생하게 묘사하거나 환기하는 힘을 갖고
있기 때문이다. 잘 알다시피 직유법에서는 ～처럼, ～같이,
～듯, ～인양 등의 익숙한 표현이 연결고리처럼 사용한다.
그 직유의 연결고리 중에서 '～처럼'을 낯설게 하기로 활용
하여 시를 쓴다면 신선한 나만의 작품을 탄생시키고 있다
는 점이다. 이때 유의할 점은 직유가 신선해야 하고 또 다
른 하나는 그 직유적 상상력을 동원하여 표현하고 하는 존

재의 내면이나 존재성이 '개별적'이어야 한다는 것이다. 누구나 느끼는 일반적인 간절함을 가진 대상의 존재가 아니라 그 대상만이 가진 간절함을 드러낸 신선함이 부각되어야 한다.

> 한잔의 커피 향에
> 가슴에 꽃불 놓고
> 속삭이는 향기에
> 저 멀리 들려오는
> 그리움 가슴 조이며
> 사랑한다 말하네
>
> 빗물이 커피잔에
> 은은히 요동치며
> 알 수 없는 봄비의
> 사랑에 촛불 켜고
> 가슴에 꽃비가 되어
> 불꽃처럼 타오르네
> – 시조 「커피 향기」 전문

위의 시에서 '가슴에 꽃비가 되어 불꽃처럼 타오르네'는 묘한 암시성을 갖는다. 방법은 간단하다. 원관념과 보조관념이 겹치는 유사성의 정도를 적게 잡으면 된다. 유사성이 아주 조금만이라도 있다면 신선한 느낌을 줄 수 있다.

고요한 이슬처럼
피어오른 그 사랑
한줄기 바람꽃으로
다시 피어 오를까
   - 시 「바람꽃처럼」 일부

또 다른 시도 한 번 살펴보자. 옷의 맵시를 '안개처럼 연약하고 모래같이 흩어지기 쉬운 옷자락'이라고 표현했다.

안개처럼 / 연약하고
모래같이 / 흩어지기 쉬운
너의 옷자락
   - 시 「맵시」 일부

이상에서 살펴본 바와 같이 윤소영 시인의 시집 『눈물로 쓴 삶』에 나타난 시적 특징은 바로 '그리움'을 진실한 체험에서 우러난 상상적 체험으로 섬세하게 표현하고 있다는 점이다. 다시 말해 참신한 비유를 통해서 '슬픔'을 '그리움'으로 승화시켜서 표현하고 있다는 점에 주목할 필요가 있다. 이에 필자는 그의 작품 세계를 '눈물로 쓴 그리움의 시적 상상력'으로 규정하고자 한다.
　윤소영 시인은 새내기 시인이다. 하지만 시인으로서 앞으로 무궁무진하게 발전할 수 있는 시인이라고 감히 말하고 싶다. 그의 끊임없는 시적 상상력에 대한 탐구와 노력을 기대해 본다. 그의 건승을 기원한다.

■ 글벗시선 169 윤소영 첫 번째 시집

눈물로 쓰는 삶

인 쇄 일 2022년 5월 6일
발 행 일 2022년 5월 6일
지 은 이 윤 소 영
펴 낸 이 한 주 희
펴 낸 곳 도서출판 글벗
출판등록 2007. 10. 29(제406-2007-100호)
주   소 경기도 파주시 와석순환로 16,(야당동)
         롯데캐슬파크타운 905동 1104호
홈페이지 http://guelbut.co.kr
E-mail juhee6305@hanmail.net
전화번호 031-957-1461
팩   스 031-957-7319
가   격 12,000원
I S B N 978-89-6533-218-3 04810